CATALOGUE

D'UNE JOLIE COLLECTION

DE

TABLEAUX

ET DESSINS MODERNES,

ET DE LA

COLLECTION DES DESSINS DU CABINET DE M. PERROTIN.

Parmi lesquels il en est un de M. MESSONNIER,

ET D'UNE STATUETTE EN MARBRE

PAR M. HUGUENIN,

DONT LA VENTE AURA LIEU

RUE DES JEUNEURS, 42,

HOTEL DES VENTES MOBILIÈRES,

Salle n° 9,

LES LUNDI 4 ET MARDI 5 FÉVRIER 1850, A MIDI,

Par le ministère de M° RIDEL, Commissaire-Priseur,
rue Saint-Honoré, n. 335,

Assisté de M. SCHROTH, Appréciateur, rue de la Fontaine-
Molière, n° 33,

Chez lesquels se distribue le présent Catalogue.

EXPOSITION PUBLIQUE

Le Dimanche 3 Février 1850, de midi à quatre heures.

PARIS

IMPRIMERIE ET LITHOGRAPHIE DE MAULDE ET RENOU,
Rue Bailleul, 9 et 11.

1850.

CONDITIONS DE LA VENTE.

Elle sera faite au comptant.

Les acquéreurs paieront, en sus des adjudications, 5 pour cent applicables aux frais.

DÉSIGNATION

DES TABLEAUX.

—◦—◉—◦—

M. ANASTASI.

1 — Paysage et bestiaux au pâturage. Effet de
matin.

M. BENTABOLE.

2 — Plusieurs marines seront vendues sous ce
numéro.

M. BONNAFOUS.

3 — Une Odalisque.

M. BRISSOT.

4 — Paysage. Sur le devant une rivière avec des
baigneuses.

5 — Paysage. Étude d'après nature,

6 — Autre paysage.

M. BARON.

7 — Jeune page nonchalamment étendu sur un
mur; près de lui, une jeune Italienne.

M. BELLANGÉ (Hippolyte).

— 8 — Une Halte de hussards.

M. CHAVET.

— 9 — Une Lecture.

M. COIGNET (Jules).

— 10 — Paysage.

M. COIGNARD.

— 11 — Combat de taureaux.

M. CICÉRI (Eugène).

— 12 — Entrée d'une ville.

— 13 — Paysage. Effet de soleil couchant.

— 14 — Autre. Effet de matin.

CHARLET.

— 15 — Une Halte dans les Pyrénées.

M. COUDER (Alexandre).

— 16 — Lièvre et bécasse.

— 17 — Canard et perdrix.

— 18 — Fleurs et fruits sur une table.

M. DIAZ.

— 19 — Vénus et l'Amour.

— 20 — Une jeune femme et deux Amours.

— 21 — Intérieur de forêt.

— 22 — Une femme et ses enfants caressant un lé-
vrier.

— 23 — Paysage. Soleil couchant avec figures et
animaux.

M. DUPRÉ (Jules).

24 — Paysage traversé par une route bordée de grands arbres.

25 — Paysage, sur le devant un chemin et une masse d'arbres.

M. DEDREUX (Alfred).

26 — La Promenade sous bois.

27 — Un cheval échappé.

M. DELACROIX (Eugène).

28 — Femme grecque étendue sur un divan.

M. DAGNAN.

29 — Vue prise en Suisse.

30 — Un chemin dans la forêt de Fontainebleau.

31 — Les bords de l'Aar, à Interlaken.

M. DAUBIGNY.

32 — Paysage. Vue prise en Bourgogne.

M. DEBAY.

33 — La lune de miel.

M. FRÈRE.

34 — Une Oasis.

35 — Un Arabe.

M. FORT (Théodore).

36 — Intérieur d'écurie avec cheval au ratelier.

M. FLANDIN (Eugène).

37 — Echelle de Top-Hanah, à Constantinople.

M. FICETTE.

99 —38 — Le paysan farceur.

M. FLEURY (Robert).

99 —39 — Boissy-d'Anglas.
140 —40 — Un guerrier assis.
89 —41 — Une tête de guerrier.
91 —42 — La Douleur, tête de jeune femme.
91 —43 — Philippe II, fils de Charles-Quint. Es-
quisse.

M. FLEURY (Léon).

140 —44 — Vue prise à Oberwessel, bords du Rhin.
50 —45 — Vue des bords de la Meuse.

M. FAUVELEY.

80 —46 — Vénus, sur un dauphin, fait voltiger des
Colombes.
95 —47 — Un renard.
16 —48 — Un vautour.

M. GUDIN.

112 —49 — Marine avec barque de pêcheur.

M. GRAILLY.

200 —50 — Entrée de la forêt de Compiègne.

M. GIROUX (Achille).

76 —51 — Domestique tenant un cheval par la bride.
76 —52 — Domestique promenant des chevaux.

M. GROLIG.

M. GUIGNET.

M. HINTZ.

M. HOGUET.

M. HESSE (Alexandre).

M. LACROIX (Gaspard).

86 — Un site de Provence.
87 — Intérieur d'un bois.
88 — Vue prise à Bougival.
89 —   Id.   aux environs de Lyon.
90 —   Id.   id.

M. LELEUX (Adolphe).

91 — Bûcherons bretons.

M. LAPITO.

92 — Paysage. Site de rochers; effets de soleil couchant.

M. MAZURE.

93 — Vue prise à Mortain.

M. E. MULLER.

94 — Une scène du Bourgeois Gentilhomme.

MARILHAT.

95 — Paysage coupé par une rivière que traversent des chameaux.

M. PARIS.

96 — Groupe de vaches sous des arbres.
97 — Moutons et chèvres dans un bois.

M. ROQUEPLAN (Camille).

98 — Paysage et Four à plâtre.
99 — Jeune Fille portant des fruits.
100 — Autre, jouant de la mandoline.

M. SCHOPIN.

101 — Sancho Pança prenant congé de la duchesse avant de partir pour son gouvernement de l'île de Barataria.

M. SCHEFFER (Ary).

102 — Mater dolorosa.

103 — Joseph expliquant le songe de Pharaon. Grisaille.

M. SEIGNEUR GENS.

104 — Le Repos.

105 — Halte de Cavaliers.

106 — Pêcheur de Picardie.

107 — La Déclaration.

108 — Le Dépit amoureux.

109 — Le Gué.

M. TASSAERT.

110 — Baigneuses sortant de l'eau.

111 — Jeune Fille endormie surprise par un satyre (le paysage est de M. Le Roho).

112 — Jeanne d'Arc à Vaucouleurs, prend la résolution de combattre les Anglais.

113 — Jeune Fille endormie à terre, près d'une cheminée.

M. TROYON.

114 — Paysage avec personnage et bestiaux.

115 — Marine.

M. VOILLEMOT.

116 — Phœbé.

M. VILLERET.

117 — Vue prise en Auvergne.

M. ZIEM.

118 — Melon ouvert et groupe de fleurs.
119 — Groupe de divers fruits.
120 — Vue des environs de Naples.
121 — Groupe de fleurs dans un papier..

DESSINS

POUR LES ŒUVRES DE BÉRANGER

PUBLIÉES PAR M. PERROTIN.

CHARLET.

122 — Roger-Bontemps.
123 — Le Roi d'Yvetot.
124 — Le Tailleur et la Fée.
125 — Le Vieux Sergent.
126 — Le Vieux Vagabond.

HISTOIRE DE NAPOLÉON.

M. RAFFET.

MÉLANGES POUR LES ŒUVRES DE GEORGES SAND.

RÉVOLUTION DE 1848, PAR LAMARTINE.

M. GRENIER.

M. ANDRIEUX.

DESSINS PAR DIVERS.

M. BOUQUET.

CHARLET.

M. COIGNET (JULES).

M. COIGNARD.

211 — Vaches à l'abreuvoir.

M. CALAME.

212 — Paysage. Sépia.

M. CICERI (Eugène).

213 — Paysage ; sur le devant, une mare.

M. DELAROCHE (Paul).

214 — La mort de Louis XIII.

M. DECAMPS.

215 — Paysage avec chasseur tirant un oiseau.
Pastel.

216 — Autre, avec muletier derrière son mulet.
Pastel.

M. FLANDIN (Eugène).

217 — Bab-el-Kadam, porte des esclaves à Bagdad.

218 — Rue des Juifs, à Rhodes.

219 — Port et ville de Rhodes.

M. FORT (Siméon).

220 — Moulin à eau. Aquarelle.

M. GAVARNY.

221 — Jeune Écossais allant puiser de l'eau.

222 — Autre   id.   portant un seau d'eau.

223 — Vagabond Anglais appuyé sur une muraille.

224 — Autre   id. debout près d'un mur.

225 — Professeur de chausson.
226 — Messager commissionnaire.

M. HÉROULT.

227 — Vue des Environs de Bordeaux.
228 — Autre, dans la forêt de Fontainebleau.

M. HOGUET.

229 — Paysage et vieille tour.

M. LACROIX (Gaspard).

230 — Paysage au pastel.

Mlle LESCUYER (Léonie).

231 — Jument du Perche au repos, d'après nature.
232 — Plusieurs croquis de Chevaux à la mine de plomb seront vendus sous ce numéro.

M. MARVILLE.

233 — Tête de sanglier. Pastel.

M. PARIS.

234 — Vaches à l'abreuvoir. Pastel.

M. ROUARGUE.

235 — Quatre vues de Venise; palais ducal, place Saint-Marc et grand Canal. Cet article sera divisé.

M. ROQUEPLAN (Camille).

236 — Réunion de divers Monuments de Paris; sur le devant, une Fontaine. Pastel.

M. ZIEM.

237 — Vue des Environs de Venise.
238 — Paysage, clair de lune.
239 — Vue des Environs de Naples.
240 — Marine avec pêcheurs retirant leur filet.

SCULPTURE.

M. HUGUENIN.

241 — Une statuette en marbre.

242 — Tous les Articles qui auraient été omis au présent Catalogue, seront vendus sous ce numéro.

3514   Imprimerie Maulde et Renou, rue Bailleul, 9 et 11.